El viejo tren

por Rich Latta

ilustrado por Stephen Taylor

traducido por Alberto Romo

Richard C. Owen Publishers, Inc.
Katonah, New York

Mi mamá me llevó al Museo del Tren para ver los trenes.

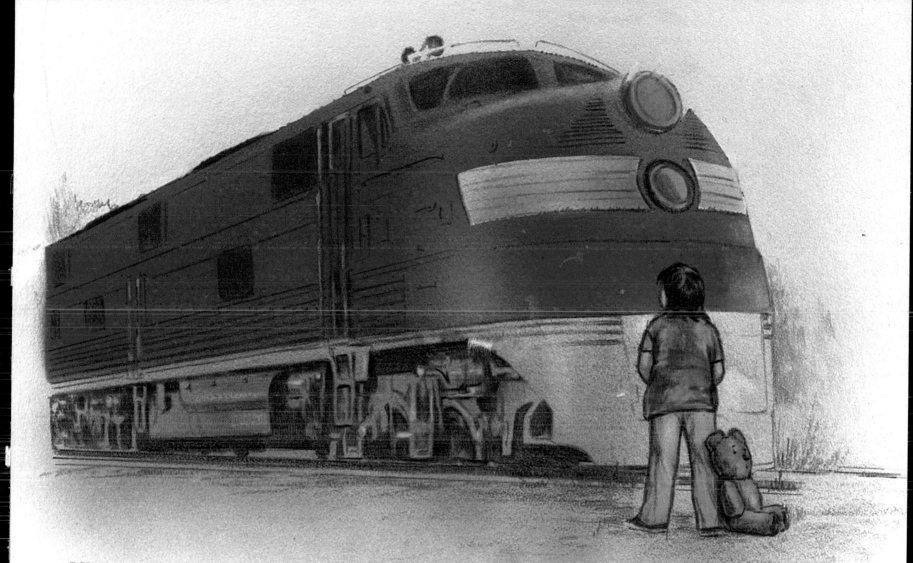

Vi un viejo tren de color rojo en las vías del ferrocarril.

El viejo tren ya no iba a ninguna parte.

Pero muchas personas venían
a verlo.

Subimos al tren.

Nos sentamos en los asientos.

Miramos a través de las ventanillas.

Y yo me imaginé que llevaba a todos
en un viaje.